서애숙 시집

풀꽃이었다 나는

풀꽃이었다 나는

| 초판발행_ 2024년 10월 10일

| 지은이_ 서애숙
| 편집_ 제이비디자인
| 펴낸곳_ (JB)제이비
| 주소_ 전북특별자치도 전주시 덕진구 석소로 9-4
| 전화_ 063-902-6886
| 이메일_ jb9428@daum.net

ISBN 979-11-92141-30-5

값 18,000원

| 파본은 구입하신 서점이나 출판사에서 교환해 드립니다.
| 이 책은 저작권법에 의해 보호를 받는 저작물이므로 무단전재와 복제를 금합니다.

풀꽃이었다 나는

서애숙 시인

전북 순창에서 태어났다. 캐롤라인대학교에서
경영학 석사와 전북대에서 식품공학을 전공했다.
2021년 『전북문단』으로 등단했다.
현재 전북문인협회 회원·국제PEN한국본부전북위원회
이사·순창문인협회 부회장으로 활동하고 있다.

시인의 말

삶의 향기가 아플 때 시를 썼다.
그 통증이 시와 마주할 땐 꽃으로 다가왔다.
이 꽃은 지금의 나를 지탱하는 힘이 되었다.

지나온 시간 팔 할은 결핍이었음을 고백한다.
늘 갈증에 시달렸지만
비움과 채움을 치우침 없이 손질하시다 가신
어머니의 숨결을 뒤늦게 알았다.
어머니는 비옥한 땅에서 자란 씨앗보다
돌 틈에서 몸부림하며 커온 씨앗을 더 아꼈다.

내 부족함을 늘 다독여주신 어머니에게
나를 보여주고 싶었다.

딸에게 물려주신 그 맘을 잊을 수 없어
묻어두었던 그리움을 드러내고 보니
부끄럽고 또 부끄럽다.

용기가 나를 밖으로 나오게 했다.

어머니가 늘 곁에 계시니, 나는
아직 행복하다.

– 초가을 '금빛마루'에서
서 애 숙 쓰다

차 례

시인의 말

1부 수채화 풀어 창가에 물들이고

4월의 일기	15
봄 앓이	16
목련	18
연꽃	19
능소화	20
담쟁이넝쿨	21
봄비로 쓰는 편지 1	22
봄비로 쓰는 편지 2	24
봄비로 쓰는 편지 3	26
봄비로 쓰는 편지 4	28
산다	29
보릿고개	30
그날	32
유리벽	33
기다림	34
빛과 그림자	35
매미	36

2부 오늘은 유난히 맑은 당신의 영혼처럼

어머니	39
독야	40
어머니의 가을	42
어머니의 교향곡	43
치매	45
함께 하는 그리움 하나	46
봉선화	47
비 오는 날	49
젖은 교복	50
붉은 사랑	51
홍시	53
토끼풀	55
당신	57
36.5℃	58
노을비 내리는 밤	59
금빛 마루에서	60
세월	62

3부 눈썹에 걸린 이슬 꽃잎 물고

석류	65
구절초	66
가을 연가	68
10월에	69
그림자	70
회상	71
가을 앞에 서니	72
바람 부는 날의 이름	74
시월의 단상	76
밀어	77
외출	78
예순의 노트	80
가을의 향연	82
가을 사랑	83
계절의 길목	84
그리움의 향기	86
가을의 기도	88

4부 푸른 꿈이 채워지는 아름다운 시간을 위해

그날처럼	91
시간 속에서	93
홀로 가는 길	94
제주 바다	95
겨울 바다	96
얼룩진 바다	98
가슴에 번지는 노을	99
사색 단장	100
너와 나	101
깊은 사랑	102
동행	104
송년 즈음에	106
무등산	109
의자	110
거미	111
풀꽃이었다 나는	112
나의 여정	114

1부

수채화 풀어 창가에 물들이고

4월의 일기

새벽 풀어와 그네를 탄다
초록비 구겨 여백 위에
가늘게 나누어 비밀 토해낸다

그리움 물들여
시렁에 걸어놓고
부끄럼 감추며

툇마루에 노랑나비
나지막이 고요 깔고
보고픈 사랑 담아둔다

봄 앓이

먼 길 떠나기 싫어
꽃샘바람 지피니
시림 한 움큼 쥐고
떠나온 당신

핑크빛 쭈뼛대는 언덕에
여우비 뿌리니
그리움은 실핏줄로 흐르고
펑펑 터진다

온 세상이 폭죽 되어
계절 적신 눈물은
환희의 분수 되어
솟아오를 즈음

우두망찰한 나는
수줍은 도화꽃으로
피어난다

목련

하이얀 숨 몰아 흔들려도
초대받은 그 자태
고즈넉이 숨은 그림자 내민다

순백의 행렬은
수줍음 품고
잠깐의 혼란과 소음은

오랫동안 익숙한 체온
한 뼘씩
봄 마중 나온다

연꽃

어둠 속 헤집고
천상의 얼
나래 펼친다

얼룩진 사연
겹겹이 새겨
고독마저 넘실넘실

노을빛에 그을린
고운 자태
고고히 우려내어 빗장 풀어

굴곡진 어둠도
달그림자 얹어
온몸 수놓아 덧칠한다

능소화

담장은 시간을 멈추고
아침부터 헛기침 뒤집어쓰며
붉은 입술 옹알옹알 힘겨루기한다

줄줄이 흘러내린
햇볕 가장자리에
살포시 밀어 올린 그리움

흙바람에 조각난 설렘은 멀리하고
헝클어진 공간은 빗금도 없이
잠시 숨 고를 때

서성이는 비밀들이
달빛 속에 감춰둔 그리움
돌돌 말아 연지곤지 찍는다

담쟁이넝쿨

돌담 사이
제멋대로 흐트러진 초록
추억 더듬어
뚝 뚝 보고픔 적신다

소곤대는 그림자 뒤로
멀어져 간 발자취
자맥질하며 피어난다

수줍음 올올이 휘감아
추적추적 스며든 오후의 향연
파란 빗금 치며
날갯짓으로 꾹꾹 눌러 재운다

봄비로 쓰는 편지 1

굽이굽이 맘 자락
휘감아
추억 버무릴 때

스멀스멀 봄비와
어우러져
눈맞춤 하면

예쁜 감성 펼쳐
재잘재잘
읽어주던 사랑

살며시 담아
향긋한 미소
흠뻑 젖을 때까지

걷는 법 잊지 말라며
포근한
눈빛 풀어

꽃물 안겨 주니
한 줌의 촉촉함
볼에 녹아 흘러내린다

봄비로 쓰는 편지 2

안개비 퍼즐 맞추며
초록으로 스민 영혼

수채화 풀어
창가에 물들이고

빚어 놓은 향기
펜으로 나래 편 채

줄지어 아파 누운
낮은 언덕길

바람보다 먼저 달려가
무지갯빛 돌돌 말아

깔린 노을 더듬으며
푸른 주인 기다린다

봄비로 쓰는 편지 3

영혼의 새벽 품어
때 묻지 않은 여백 위에
가늘게 덧칠한다

길섶에 숨은 그리움
시렁에 올려놓고
설렌 가슴 문지른다

해종일 토해내는
울음 한 점
하늘과 하나 된다

나지막이
시인의 손끝으로

허공 긁으며
보고픔에 꺼내 들며
주머니에 담는다

헝클어진 머리 다듬으며
하늘 바다에 입술 누르고
보금자리에서 하룻밤 묵는다

봄비로 쓰는 편지 4

흔적으로 새겨진 사연
가녀린 허리 비틀며
짐 풀어 놓는다

봄바람 맵게 불 지피며
마침표 찍고
수줍은 보조개 휘감는다

창가에 노닐던
부드러운 속살 불리며
스멀스멀 기다란 목선 올린다

그가 울고 있다
끝없이 펼쳐진 그리움 찾아
그 향기 속으로 걷고 또 걸으며

산다

아직 맵찬 바람에도
하르르
꽃들은 바람에 물들이며 산다

계절 적신 눈물 사이로
촉촉이 적시는 향기
한 가닥 그리움으로 산다

거기 문득
닿을 수 없는 별 하나에
소리 없는 외침으로 산다

메마른 모래성 밀어내는 파도
이룰 수 없는 사랑에
흰 구름 너울 쓰고 산다

보릿고개

봄과 여름 샛길에
영원한 포로는
여행 떠난다

사랑을 저항하는 아우성
헐떡거리는 심장 소리에
화끈거린다

가슴 열리고
언어가 혈관 두드릴 때
소통 시작한 미소
슬픔 맛보며 옷 벗는다

수많은 초록빛 향기는
바람에 흔들리고

끝나지 않은 절규는
그림자로 남는다

그날

영혼의 목마름 채우듯
그리움 살짝 훔쳐
기지개를 켜며 입맞춤한다

앙증스러운 아릿한 추억
가득 채우며
긴 한숨으로
구름 모자 눌러쓴다

하얀 나비 곱게 빗질하니
예쁜 소년처럼
묻어나는 향기

너와 난
수줍음 품어 언약도 없이
꽃반지 풀잎에 고이 묻는다

유리벽

어둠의 깊이만큼
햇볕에 하얀 껍질 말리니
주름진 흰머리 바람에 흔들리며
살며시 빛 뿌린다

길 잃은 침묵은
깊이 새겨진 또 다른 세상
모범 답 찾아
공간에 담으려 질주하는
숨결 위에 파문 인다

그들만의 방정식은
무대 위에 눈부신 독백
자맥질해 오는 그리움
어느새 창밖 응시한다

기다림

하늬바람
너울너울
꽃잎 깨운다

설렘의 나래 펼쳐
당신의 향기
가득 채워

저 하늘 멀리
조각조각
그리움 수놓으니

오늘따라
왠지
눈물이 난다

빛과 그림자

햇살 꽃이 떨어지면
빛줄기 따라
그냥 그 길을 지나간다

마음 헤아려
그 사랑 생각나
마냥 그 길을 거닌다

하얗게 하얗게
곁에
머무는 사랑

그 사랑 잡을 수 없지만
그 사랑 때문에
하냥 그 길을 숨쉰다

매미

세상은 온통 초록의 파장으로
정오를 맞을 때
내 팔뚝의 시계는 멈춰 있다

때마침 불어온 바람 소리에
땡볕은 뫼를 감고
야무진 색깔 곧추세운다

옹알이하며 고삐에 끌려다닌
매미는
목소리 꿰매고

붉게 물든 뜨락은
발자국 벗으며
한없이 펄럭인다

2부

오늘은 유난히 맑은 당신의 영혼처럼

어머니

해진 옷고름 여미며
나직나직 밟고 와
문 두드리며 안부 전하는 당신

젖 내음 그리워
팔베개에 산 노을 앉히고
달무리 여물 때까지 꾹꾹 눌러
높다란 하늘 바라본다

독야

꿈꾸는 당신
덮어주지 못한 그리움
우윳빛 하늘을 뜯어 창문에 붙인다

밤새워 신음하며
새벽 침상에 돌아와
쉴 자리 찾으며

떨리는 오한 이겨내려
돌아눕고 돌아누우며
이불만 덮는다

쉽게 따뜻해지지 않는 새벽 침상은
나의 빈 가슴 불러다 놓고
떠나려 한다

오랫동안 밤을 불러

꿈꾸었던 당신

이제 서로를 채워주지 못한 그리움

참아내며

늪 속 깊이 숨은 그림자

찾아주고 싶다

어머니의 가을

세상 밝히는 한 줄기 빛
가슴 흔들며
굽은 등걸에 재롱떤다

미로 속에 숨겨진 상흔
곁에 머문다

시린 밤하늘 잠 못 들고
온기 입혀 보니
이미 늙어버린 그리움

부끄러워 울고 또 울지만
밀착된 당신의 향기

슬픈 옷 갈아입고
시월을 노래한다

어머니의 교향곡

초인종의 분주함이
시름거릴 즈음
향기 휘감은 음률에
얼굴 붉힌 노을

쉼 없는 외침에
목쉰 시간들
움켜 담으려 질주한다

보고픔의 흔적
두리번두리번
허리 펼 때

위로해 주지 못한 그리움
노을 되어

베토벤의 비창으로 흐른다

체온 가득한
설렘
깊어 갈수록

구절구절 마디마디
쉼표는
어머니의 사랑이었고

저마다 사연 간직한 별들을
위로하고 있다

치매

새벽안개 묻히도록 밑그림 그려놓고
잊을까 봐
시린 가슴에 가득 담는다

연기 나지 않는 담배
한가득 손에 쥐고
기다림의 가장자리 뼈저리게 품는다

한 번이라도 태워버리고 싶은 마음
마디마디 숨 가쁘게 고갯마루 떠돌고
헛헛함이 서린 오후는 긴 그림자만 남기고 있다

함께 하는 그리움 하나

홀연히 어렸을 적
그 긴 울음으로 재워 놓는다

가련한 세월만큼이나
한없이 허우적거리며
갈팡질팡 쉼표 찾는다

아픈 목덜미 타고 올라와
향기 담은 여백 위로
가냘픈 몸 풀면
슬그머니 일어난다

소리죽인 울음 하나
서 있는 저 추억처럼

봉선화

숨바꼭질하는 빗소리에
잎새는 숨죽이고

안개 눌러쓴 그리움
손톱 위에 스멀스멀 돋아난다

오색실로 단추 단 개미 떼
기억만 간절하고

허리에 밟힌
청개구리 울음소리

시간 조각내어
숨소리 고르고

장독 뒤 엄마의 젖줄은
노을강 되어 눈물짓는다

비 오는 날

포만한 초목들
빗방울 소리에
쌔근쌔근 졸고 있다

부엌은
난타 리듬으로
접시들이 춤추고

건넛방 아이들
구들장 천장 닿을 듯
뛰놀던 시간

수줍어 몰래몰래
짝사랑 숨긴

젖은 교복

엄마의 손길이
하염없이 창가에서
토닥토닥 내 가슴 두드릴 때

허기진 추억
당신의 품속을
더듬고 있다

붉은 사랑

아궁이에서 투다닥 투다닥
소리 꽃 만발하면
생솔가지 매운 향 피어난다

칠 남매 세 끼 행여 거를까
마당과 텃밭으로
어머니의 몸빼바지는
물결처럼 출렁인다

또 하루 고단한 발길은
새벽 열고
물 젖은 손 마를 날 없다

어느덧 자식 다 키워낸
젖무덤은 말라만 갔다

아직도 나는
어머니 가슴 더듬는
꿈을 꾼다

돌아보는 길목마다
어머니의 사랑 메아리 되어
눈시울 젖는다

오늘은 유난히 맑은
당신의 영혼처럼
하늘 냄새 맡으며

여전히 마음속에 살고 있는
어머니
당신을 사랑합니다

홍시

허름한 빈집
멈춰진 시간이
긴 그림자 드리울 때

굽은 등걸에
겹겹 쌓인
긴 세월의 질곡

어머니 치맛자락처럼
휘어진 향수 휘감아
속절없이 요동친다

빨간 추억의 속삭임
낙엽 속에
오롯이 누워

시간의 나래 끝에서
맺힌 상흔으로
눈물 훔친다

토끼풀

은빛 소리 넘실넘실 내려와
속삭인다

난 파란 하늘이 좋은데
내가 내려와야
네가 파란 하늘을 볼 거야

그리고 넌 대지가
엄마잖아

수다를 떤 토끼풀은
꽃반지 만들랴 분주하니
온종일 시샘 나게 한다

엄마가 남긴

주소지에서

아직도 난
울 엄마가 아닌 철부지 소녀로
하얗게 피어난다

당신

화려함도
그리움도
바람 앞에 등불처럼
약해지는 가슴 하나
밤새도록 얼키설키 흔적 남긴다

고운 저고리 깔아
체취 담아 보지만
서투른 몸짓 너무 많이 아파
재잘재잘 어머니 곁에 엎드려
만지작만지작 속울음 숨겨놓는다

36.5°C

기다림의 몸짓들
서로 교감하며
온기 채운다

배고픔의 그림자
흔들리고

가녀린 숨결
옹알옹알 잉태하며
곡선으로 안긴다

노을비 내리는 밤

산새들 둥지 짓는 설익은 이 계절
고운 내 심장 하나 접어 하늘 집으로 이사 간
당신께 보고픈 마음 띄워 봅니다

가끔은 연민의 그림자 올올이 엮어
깊이 잠든 내 마음 깨워
새초롬히 나의 등 다독일 때

비움도 채움도 당신 마음 포개어
행복 담아 보니 말간 웃음소리 스캔해
우울한 허물 벗기고 있어요

금빛 마루에서

오솔길 빼꼼히 열려
도란도란 살아온 추억
꽃잎에 사뿐히 묻는다

달빛 입맞춤으로
허기를
차 한 잔에 담아

짙게 드리운 춤사위로
한 줄 빛살 그리며
노을 물들인다

돌담 사이 봉선화
울 엄마의 립스틱으로
꽃물 들이며

흰머리 한올 한올

바람에 실려

그리움 껴안는다

세월

푸르름 구워낸 낭만
머뭇머뭇 열기 식히고

턱 괴고 앉은 그리움
붉은 그림 펼친다

절룩거리는 시간 돌돌 말아
노을 치마 두른다

3부

눈썹에 걸린 이슬 꽃잎 물고

석류

아침 햇살 흔들며 붉은 가슴
저만큼 주소 남긴다
푸른 잎 사이로 일렁이는 음률
아득히 기울어버린 당신 냄새
너에게 맡긴다

구절초

너는 나를 보고
나는 너를 보고

산등성 총총 밟아
꽃무리에 꽃을 더한다

어린 웃음들이 줄을 서고
노숙들이 외롭게 줄을 선다

평수 넓은 하늘은
향기 안아 산봉우리 오르고

속살까지 물들인 꽃무리
꽃이라서 져야 한다고

가슴 풀어 놓은 길섶은
황홀한 향기 서럽게 접는다

가을 연가

솜털 같은 햇빛 속살 드리우면
들국화 서성이고
조용히 돌아오는 길목

바람 불어 낙엽 흩어지면
가을에 지친 나는
고요히 갈무리한다

상처 난 편지
나뭇가지에 앉히니
그리움이 넘실넘실

10월에

가을 마중 나온
고운 자태
손짓한다

물안개 피어오른 갈대숲에
주름진 엄마 얼굴이
찍혀 있다

이슬 머금은 삶의 조각
쓸쓸한 푸념에
어스름 내리고

산등성이 홍시는
뜨락에 내려와
그리움 빚어 놓는다

그림자

푸르름은 삶의 굴레
벗어 던지고
속내를 맡긴 바람은
수선 떨며 뒹군다

새들은
앙증맞은 연주자가 되고
우듬지는 촉각을 세우고
추상화를 그린다

가을의 갈라진 틈으로
골다공증은 바람을 상담한다

회상

풀벌레 고뇌에 화상 입은 연민
흔적 더듬어가는 소실점

바람은 기댈 곳 없이 헤매고
여울은 보고픈 이름
어두운 그림자에 간직한다

여과되지 않은 상흔들
메마른 노을에 붉게 타오르고

심연에 떠오르는 초승달만
애달프다

가을 앞에 서니

젊은 시절
숨은그림 찾으려다
님 향기 몰랐어요

나부끼는 그리움
모아 태우면
어떤 내음 날까요

해진 거문고처럼
세월 오는가 했더니
가는 세월이 문 두드리며
옹알이하고 있어요

목마름이 퇴색되고
늦은 깨달음

가을 속에 있네요

한 칸씩 비워가는 가을 향기
가장 낮은 곳으로
끝이 아닌 이별하네요

처음 가는 노을길
조심조심 마지막인 듯
가을 사람 되어
새 아침의 합주 그려보네요

바람 부는 날의 이름

한 조각 바람에 실려 와
슬프지 않아도
안으로 고여 오는 눈물
그리움일까

이슬방울
까르르 까르르
낙서할 때

어느새 감기 스미는
한 움큼의 시
엮어 보내볼까

가을
참 예쁘다

늘 내 곁에 있을 줄 알았던 너

가슴속 파고드는
보고 싶음
하늘에 띄워볼까

시월의 단상

구름 끝자락이 한 움큼 하늘에 걸려있고
풀벌레 울음소리
아직 떠나지 못해 나뭇가지에 걸려있다

서성이는 황금물결 잰걸음으로
찻잔에 버무리고
뒹굴뒹굴 낭만 구워 우듬지에 올려놓는다

허공은 무겁다 휘청휘청 시를 읊고
움켜쥔 밀어 갈증 채우듯
마음 밭에 알알이 따리 튼다

밀어

가을 앓이 얼기설기 수놓으며
소곤소곤 들녘으로 내딛는 밀어
터뜨린다

미지의 길 빗장 열어
끄덕끄덕 꿈틀거리며
속삭인다

때때옷 입은 노을
비바람에 젖은 날갯짓으로
꿋꿋이 뿌린 꿈 숨어버린다

외출

나 아직 그대로인데
가을 향기 촉촉이 적시며
세월이 걸어온다

거울 속 은빛 머리
철 놓친 슬픈 가락에
숨 고르며
비틀비틀 걸어온다

벅찬 그리움 삼키며
평생 밑그림으로 내딛는
들꽃처럼

조금씩 아주 조금씩

행복 엮어 가는 속삭임
붓질하며

눈썹에 걸린 이슬
꽃잎 물고
쪼아대며 걸어온다

예순의 노트

노을 걸음 익히며
가을을 위해 편지를 쓴다
그늘은 눈부시게 하늘 바라보며
또 묻는다

떨고 있는 작은 씨앗들
조금이라도 건들어 보았는지
그리움 속에 사는 여정
아무도 모르게 흔들리고

썰물이 되면
누가 발가벗고 헤엄치는가
가장 깊은 곳에
누굴 담아 가려고 침묵 걸치나

서럽게 흔들리는 체온 너머로
얼기설기 새겨진 추억
헤움길 따라
희로애락 물들이고

가을은
조금만 건들어도 우수수 몸을 떤다
숨겨진 일기장처럼 노년의 걸음 익히며
여백 위에 내디디는 가을을 펼쳐 보이니

흔들리는 옷 벗고
고즈넉한 물그림자 꽃잎 띄워
조용히 노닐고 싶다

가을의 향연

구절초 향기 품고 그리움 말아
꽃 안개 나풀나풀 간지럼 주니
사뿐히 보고픔 토해낸다

온종일 쪽빛 담아
노을빛 허기로 스며들 때
여명의 끝자락에 매달리는 연민

내 뜨락 가장자리에
도란도란 추억 토해내는
청아한 사람아

가을바람 앞세워
허공에 함초롬 오고 가니
한세월 쉬어가는구나

가을 사랑

살가운 미소로 물음표 찍으며
채색된 산 노을
가슴 곁에 퐁당 빠진다

맺힌 응어리 하나
소리 없이 내어주며
스멀스멀 말간 향기
살포시 안긴다

새롭게 단장한 그리움
고고히 우려내어
온몸 수놓아 꽃안개 건들고 간다

계절의 길목

초록의 근육들이
하늘에 숨 고르니
산등성이 구절초
고물고물 눈 비빈다

어머니 품인 양
젖무덤 더듬으며
은근슬쩍 스며드는 영혼

헤아리지 못한 삶의 흔적
주워 담지 못하고
하냥 그리움에 잠겨 있다

옷깃에 물든 자락

도란도란 맡아보니

가슴에 숨겨진 세월

예쁘게 익어 가고 있다

그리움의 향기

산모롱이 피어나는
열정 다독이며
해말간 햇살 품으니
물소리 주름이 깊다

바람 한 줄기 구름 한 조각
사랑채 울타리 곁에
노송 한 그루
어슴푸레한 추억 앉혀 놓고

해묵은 지붕 위에
달빛 젖은 침묵
꺾어진 굴뚝 옆엔
풀벌레 울음소리 산자락 덮고

혼잣말처럼 중얼중얼

침묵의 무게로

빈 가슴 휘감는다

가을의 기도

눈부신 계절의
황금 궁전
활짝 열리게 하소서

간밤의 이슬로
꽃물 들인 향기
초가의 뜨락에
주렁주렁 매달리게 하소서

서걱거리는 바람 일거든
햇귀처럼 영롱한 영혼으로
가슴속에
오래도록 머물게 하소서

4부

푸른 꿈이 채워지는 아름다운 시간을 위해

# 그날처럼

내가 사랑하는 사람이
나에게 말했다

저 하늘에도
꽃을 빚는 영혼이 있다고

내가 사랑하는 사람이
나에게 말했다

하늘에도 덤이 있으니
움츠리지 말라고

내가 사랑하는 사람이
나에게 말했다

내 안에 외쳐대는 소리는
그리움에 꼼짝 못 하고 있으니

너의 중심이 되어 줄 거라고

시간 속에서

못다 한 독백은
유리창을 통과하지 못한 채

흔들리는 달빛에
그리움을 먼지로 날린다

마디마디 끊어질 듯한
어둠은 울음을 삼키고

시간을 응시하는
너와 나

사이사이 일그러진 아우성
긴 기다림의 그림자로
입술이 달빛 머금는다

홀로 가는 길

밤새 매운 신음 질척인 채
길 걷는다

채우지 못한 영혼
바람도 정지된 혼돈의 거리

서로를 알아보지 못한 채
꿈틀거리며 눈빛만 파닥인다

온종일 넋 잃고
울음 터트린 황야의 밤

자갈길 적막 담으며
저리 허공 꿰매고 있다

제주 바다

온몸으로 흐르는 외로움
희미해진 추억으로 채색되고
너무 멀리 와 버린 지금

색깔 지우며
흐르는 시간 하품하며
문 열어 놓는다

허공에 닿지 않는
이 목마름 하늘은 알까
깊은 그 자리에
그리움이 꿈틀거린다

겨울 바다

알갱이에 부딪히는 하얀 속삭임
바다로 향하는 수수께끼
되돌이표로 돌아온다

키재기하는 몸짓
햇살과 동무하고
그 흔적은 나와의 마지막 대화뿐

바람에 흔들린 고통 토하며
수많은 기다림의 몸짓
온종일 무수히 흔들어 댄다

어둠 이불 삼아
별 하나의 속삭임으로

하루를 마감하며 우주 속으로
멀어져 간다

얼룩진 바다

어둠은 모래알의 뒤척임에
잠들지 못한 채
창문에 메아리만 넘실거린다

음표 찾아
만질 수 없는 것을 느끼고
매운 신음 달래고 있다

얼룩진 침묵 한 칸씩 비우며
정지된 거리에
4분음표 울음 터트린 향기
보고픔 달랜다

가슴에 번지는 노을

바람이 주름으로 흐르는 날
하늘은 생기를 잃은 채
희멀건 구름만 애처롭게 떠돈다

세월 보듬은 씨앗들
낮과 밤의 비탈길에
헐떡이며 숨소리 고른다

메마른 공간 사이
햇살 되살아나고
솔바람 소리 듣지 못한 소녀
주름의 속삭임을 듣는다

눈곱만한 마음마저
쓸쓸히 접힐까 봐
허공에 주름 편다

사색 단상

소리의 체적으로
발신 없는 그물 짜며
유영의 영토 확장한다

바싹 마른 꿈에
흰 뼈 뜯는 소리로
모래알 간격 메우며

음파로 부서지는 울음
속주머니에 구겨 넣고
고요를 그물에 걸친다

너와 나

아련한 그림 하나
가슴 떨다 훔쳐보니
널브러진 고요의 흔적

끼룩끼룩 치솟는 향기
우듬지에 걸어놓고
굽은 줄기 화들짝 피어나

마중 나온 파동에
귓불 비비며
설렘 곱게 영글어

바람 뚫고 와
하늘빛 쪼아
찻잔에 담아 놓는다

깊은 사랑

아침 햇살 머금은
물매 사이로
풀줄기 타고

바람과 구름도
따스한 온기 담아
이곳에 내려와 앉는다

박오주 원장님
깊은 사랑
가슴 넓게 펴고 화폭에 담는다

원장님 손끝에
건져 올린 한사랑
고운 빛 품어대는 숨결

한 땀 한 땀 아로새겨
아름다운 중심에
새기고 싶다

그 사랑 쉼 없이 출렁이며
이곳에 머물러 있길
기도한다

동행

함께 걸어요
참으로 아름다운 사람아
우울한 추억도 함께 손잡고

기쁜 날도 있지만
상처가 덧난 날도 있지요
이런 날은 그리움 불러와 함께 걸어요

긴 터널 속에서
아직도 갈 길 몰라 허둥대는 이에게
소리쳐 오게 하고

어깨에 내려앉은 고단함도
털어주며
향기 나는 길을 함께 걸어요

푸른 꿈이 채워지는
아름다운 시간을 위해
우리 함께 걸어요

송년 즈음에

바람 끝에 머물러 있는
그리움의 조각들이
별 위에 눕습니다

꽃은 피었다 시들기에 아름답고
주름 가득한 낙엽은
옷자락에 인사하며 안부 전합니다

당신은 지금 행복하시냐고
마음 뜨겁게 세월이 더하기 할 때
삶을 빼기 하며
예쁜 사람을 만나야겠습니다

그리운 길이나 외로운 길
고독한 길도 다독이며

예쁜 동행 해야겠습니다

사랑과 이별을 배우고
인간과 자연이 서로 함께 가는 것임을 알 때
화려한 낙조 앞에 서성이는 그리움이
아름답게 색칠하는 모습을
이제야 보았습니다

세상의 냉기가 덧칠한다 해도
내게 상처 준 이들을 용서하며
하나의 길을 걷겠습니다

남은 시간 버릴 것 많아
젊음보다 지금이 더 좋아요

천년이 하루 되고 하루가 천년 되어도
다시 시작하는 봄을 기다리겠습니다

무등산

푸른 햇살
옹기종기 끌어모아 보니
스무 살의 영혼 간 곳 없고
푸르름으로 밑다짐 하고 있다

한 줄 빛살로 수놓은 조각
자맥질하며
뜨거운 정신 깨운다

갈대 눈썹에 걸린 이슬
고요로 품으니

수만 년 달무리에 매달린 영혼
숨 고르며 피어난 설화
도포 자락에 담고
붉은 체온 물들인다

의자

파랗게 꽃 타래 풀고
몸 바꾼 뜨락에서
온기로 영혼 잠재우고 있다

찻잔의 미소에
낭만 즐긴 풍경
거친 숨소리로 앉는다

언덕배기 추억은
향기 점점 상실된 채
초승달에 몸 맡기고
초록 지우고 있다

거미

푸르름의 무늬
웅크린 채 기억 안고
억겁의 평전 이루더니

술술 풀어내
수직이 힘이라며

가까스로
수평의 거푸집
엮고 있네

풀꽃이었다 나는

매일매일 눈부신 아침이 되면
작고 여린 심장 하나
풀꽃 되어 다가온다

잘 익은 초록은
뼈와 살이 되어 밟힌 채
촘촘히 지문 일고

일탈을 꿈꾸는 입술
조심조심 꽃잎 빚는다

땅속 깊이 묻힌 너의 영혼
꺾이지 않는 꿈 캐어 시들지 않고
한없이 여리게 떨고 있는

나는
풀꽃으로 살고 싶었다

나의 여정

오늘도 바람이 분다
달빛에 베인 여명의 갈증
바람에 흔들흔들

잠 못 든 가슴소리
살아 있는 것들을
무수히 흔들어 댄다

입술 위에 내려앉은 낭만
무아를 잉태하며
바람의 전설 풀어낸다

해설

못다 한 독백의 언어들

문 신

(시인, 우석대 교수)

해설

못다 한 독백의 언어들

문 신
(시인, 우석대 교수)

1. 자맥질해 오는 그리움

 모든 예술은 이루지 못한 사랑에 대한 늦은 후회를 이야기한다. 일상에서 무심코 지나쳤던 순간들이 돌아보면 삶의 중요한 국면이었다는 걸 깨닫는 순간 창조적 상상력이 발휘된다. 이런 사실을 일찍이 간파한 인간들은 오르페우스 신화 같은 '돌아봄'에 관한 흥미 있는 이야기를 만들어냈다. 사랑하는 아내 에우리디

케를 저승에서 데려오기 위해 지하세계로 내려간 오르페우스에게 하데스가 경고하지 않았던가! 무슨 일이 있어도 돌아보지 말라고. 이후의 이야기는 우리가 알고 있는 그대로다. 오르페우스는 에우리디케가 잘 따라오고 있는지 돌아보게 되었고, 금기를 깨뜨리는 순간 에우리디케는 안타까운 눈빛을 남긴 채 저승으로 끌려 들어가고 만다. 오르페우스 신화는 표면적으로 순수하고 숭고한 사랑 이야기처럼 들리지만, 이 신화를 만들어낸 사람들은 돌아보는 행위야말로 돌이킬 수 없는 일이라는 걸 강조하고 싶었는지도 모른다. 이렇게 돌아봄으로써 아련하게 남게 되는 그 깊은 후회의 이야기는 삶에서 이탈하여 시가 되고 예술이 되었다.

그런 점에서 서애숙 시인이 회고적인 언술과 그리움의 정동을 시적 동력으로 삼는 것은 그에게 지나온 삶이 얼마나 강렬한 이미지로 존재하는지를 강조하기 위해서라고 받아들여야 한다. 다음 시에서 그가 피력하고자 하는 존재의 힘을 찾아볼 수 있다.

돌담 사이
제멋대로 흐트러진 초록
추억 더듬어
뚝 뚝 보고픔 적신다

소곤대는 그림자 뒤로
멀어져 간 발자취
자맥질하며 피어난다

수줍음 올올이 휘감아
추적추적 스며든 오후의 향연
파란 빗금 치며
날갯짓으로 꾹꾹 눌러 재운다
― 「담쟁이넝쿨」 전문

 이 시는 "추억", "발자취" 같은 시어를 통해 지나간 시간 속으로 독자를 안내한다. 이것을 감각적으로 완성하고 있는 시어가 "소곤대는 그림자 뒤로"이다. 기본적으로 '그림자'나 '뒤로' 같은 시어들이 발생시키는 후퇴 감각은 '소곤대는'이라는 미세한 청각 이미지와 결합하면서 우리에게 흔적을 남기고 사라진 어떤 순간에 대한 그리움의 정서를 환기한다. 물론 그럴 때의 그리움은 '그림자'에서 알 수 있듯 형체를 규정할 수 없이 모호하다. 하지만 서애숙 시인에게 그리움은 끊임없이 현재의 삶을 부추기는 역동적인 이미지로 남아 있다. 이 시에서 "올올이 휘감아", "파란 빗금 치며/날갯짓으로 꾹꾹 눌러" 같은 동적 이미지로 마무리함으로써 '추억'이라고 일컬어지는 지난 삶의 흔적들은 오늘의 삶을 강력하게 밀고 가는 힘으로 작동한다.

이처럼 현재의 삶에서 역동적으로 "자맥질하며 피어난" 그리움의 순간들은 시집 곳곳에서 발견된다. 특히 「봄비로 쓰는 편지」 연작은 과거와 현재라는 물리적인 시간을 초월하는 시적 공감을 보여주는 특별한 사례에 해당한다.

> 그가 울고 있다
> 끝없이 펼쳐진 그리움 찾아
> 그 향기 속으로 걷고 또 걸으며
> ― 「봄비로 쓰는 편지 1」 부분

> 나지막이
> 시인의 손끝으로
> 허공 긁으며
> 보고픔에 꺼내 들며
> 주머니에 담는다
>
> — 「봄비로 쓰는 편지 4」 부분

  인용한 시에서 알 수 있듯, 서애숙 시인은 현재와 과거의 삶을 분리하지 않고 하나의 형상으로 촘촘하게 바느질해간다. 시인은 "끝없이 펼쳐진 그리움"을 향해 "걷고 또 걸"어가는 중이며, 오늘에 부재하는 그리움의 대상을 찾아 "허공 긁으며/보고픔"을 견디고 있다. 이렇게 시시각각 자맥질해오는 그리움의 순간들은 과거와 현재의 삶을 하나로 이어가는 "시인의 손끝"에서 "서성이는 비밀들"(「능소화」)과 같다. 서애숙 시인은 이렇게 삶의 뒤편으로 사라져버린 "닿을 수 없는 별 하나"(「산다」) 같은 '비밀들'을 순정한 시어로 포착해내는 데 능숙하다.

2. 향기 담은 여백 위로

서애숙 시인이 어깨 너머로 흘러 가버린 그리움의 순간들을 향해 시선을 보내지만, 엄밀한 의미에서 그리움의 기원은 우리에게 새겨져 있는 생물학적 흔적을 향한 본능에서 찾아야 한다. '나'라는 존재는 어디에서 왔는지에 대한 본능적인 질문이 그리움의 정서로 발현된다는 뜻이다. 이 과정에서 일차적으로 발견하는 그리움의 대상은 '어머니'일 수밖에 없다. 실존적으로든 상징적으로든 '어머니'는 모든 존재를 탄생시킨 원천이다. 우리는 모두 어머니로부터 발생했고, 어머니와 결별함으로써 독자적인 존재가 되었다. 그런 다음 우리는 또다시 누군가의 어머니가 되어 새로운 존재를 탄생시킨다. 인류의 삶은 이렇게 어머니로부터 이탈하여 어머니로 완성되는 연쇄의 과정이었다. 그런 이유로 '어머니'라는 상징적인 존재는 모든 생명을 탄생시키고, 그렇게 탄생한 생명이 다른 생명을 포태하는 절대적이고 무한한 세계라고 할 수 있다.

아궁이에서 투다닥 투다닥
소리 꽃 만발하면
생솔가지 매운 향 피어난다

칠 남매 세 끼 챙여 거를까
마당과 텃밭으로
어머니의 몸뻬바지는
물결처럼 출렁인다

또 하루 고단한 발길은
새벽 열고
물 젖은 손 마를 날 없다

어느덧 자식 다 키워낸
젖무덤은 말라만 갔다

아직도 나는
어머니 가슴 더듬는
꿈을 꾼다

돌아보는 길목마다
어머니의 사랑 메아리 되어
눈시울 젖는다

오늘은 유난히 맑은
당신의 영혼처럼
하늘 냄새 맡으며

여전히 마음속에 살고 있는
어머니
당신을 사랑합니다

― 「붉은 사랑」 전문

　근대화 과정을 경험한 사람이라면, 어머니들이 어떤 삶을 살았는지 체험적으로 안다. 자식들에게 어머니는 여자라는 개인이 아니라 모든 생명을 탄생시키고 성장시키는 우주였다. 그 시절 어머니는 "칠 남매 세 끼 행여 거를까" 노심초사하면서 "물 젖은 손 마를 날 없"는 삶을 살았다. "마당과 텃밭으로" "고단한 발길"을 오가며 자식을 키워내는 과정에서 어머니의 "젖무덤은 말라만 갔"고, 결국에는 "꿈"에서나 더듬어보게 되는 그리움의 대상이 되었다. 그리움 속에서 어머니는 언제나 "해진 옷고름 여미며/나직나직 밟고 와/문 두드리며 안부 전하"(「어머니」)고, "하염없이 창가에서/토닥토닥 내 가슴 두드"(「비 오는 날」)려 주는 존재다. 서애숙 시인은 이렇게 가슴 두드리는 하염없는 순간에만 머물지 않고, 그것을 '울음'이라는 인간의 원초적인 심연의 공명(共鳴)으로 전환해낸다.

    홀연히 어렸을 적
    그 긴 울음으로 재워 놓는다

    가련한 세월만큼이나
    한없이 허우적거리며
    갈팡질팡 쉼표 찾는다

    아픈 목덜미 타고 올라와
    향기 담은 여백 위로
    가냘픈 몸 풀면
    슬그머니 일어난다

    소리죽인 울음 하나
    서 있는 저 추억처럼
                          – 「함께 하는 그리움 하나」 전문

'울음'이란 우리 인간이 가장 처음으로 자기 존재를 세상에 증명하는 행위이자 자기를 탄생시킨 어머니를 간절하게 부르는 행위이기도 하다. 서애숙 시인은 이번 시집에서 울음 이미지를 자주 드러내고 있는데, 전반적으로 그의 시에서 발견되는 울음 이미지는 오늘을 살아가는 우리의 삶에서 "향기 담은 여백"의 기능을 한다. 다시 말해, 울음은 우리의 삶이 여백으로 비워놓은 그리운 존재의 향기라는 말이다. 그렇기 때문에 "장독 뒤 엄마의 젖줄은/노을강 되어 눈물짓는다"(「봉선화」)에서처럼, 울음 이미지는 언제나 우리의 "뒤"에서 오늘의 배경이 된다. 서애숙 시인에게 '어머니'라는 존재가 바로 그런 역할, 즉 삶의 배경으로 자리한다. 그런 까닭에 서애숙 시인은 자기의 삶을 "엄마가 남긴/주소지"(「토끼풀」)라고 여기는지도 모른다.

3. 여과되지 않은 상흔들

남겨진 존재 혹은 남겨진 세계에 관해 믿음직한 통

찰을 보여주는 서애숙 시인의 어법은 결 곱게 여과되기보다는 날것의 숨결을 그대로 간직하고 있다. 그러한 숨결은 시를 읽는 독자의 실핏줄을 바르르 떨게 하는 여진으로 기능한다. 이를테면 그의 시는 "푸른 잎 사이로 일렁이는 음률"(「석류」)과 같고, "소곤소곤 들녘으로 내딛는 밀어"(「밀어」)와도 통하는 것이다. 중요한 건 이러한 '음률'과 '밀어'가 보이지 않는 상흔으로부터 발생한다는 사실이다. 음률은, 알다시피, 모든 생명을 살아 있게 만들어주는 힘으로서의 리듬이다. 존재의 내면에서 울리는 음률의 파동은 그 강력한 힘으로 삶의 의지를 불태우게 한다. 그런데 음률이 가장 격정적인 삶의 의지와 맞닿아 만들어내는 파문은 다름 아닌 그리움이다. 그리움이 커질수록 우리 내면의 음률은 진폭과 파장이 높아진다. 가슴 벅차고 마음 설레는 일이 그렇다. 우리 내면에서 현기증 나게 밀물져 오는 음률의 감각이 삶을 향한 역동적인 의지가 아니면 무엇이란 말인가.

'밀어'는 음률이 일으키는 내적 파동의 정체를 확인

하고, 그 떨림을 자기에게 고백하는 언어이다. 분명하게 말하지만, 밀어는 다른 누군가를 향한 언어가 아니라 자기를 확인하고 자기를 증명하는 자기의 언어인 것이다. 이 점이 밀어를 시의 언어라고 말할 수 있는 근거가 되기도 한다. 밀어와 시의 언어는 내밀하고 순정하며 그 안에 도무지 해석되지 않을 비밀을 간직한다는 점에서 서로 통한다. 서애숙 시인의 밀어는 이러한 끌림의 역동을 단정한 어법으로 형상화한다. 따라서 이번 시집에 실린 서애숙 시인의 시어는 자기 삶이 간직하고 있는 그리움을 향해 파문을 만들어내는 끌림의 밀어와 다르지 않다.

    풀벌레 고뇌에 화상 입은 연민
    흔적 더듬어가는 소실점

    바람은 기댈 곳 없이 헤매고
    여울은 보고픈 이름
    어두운 그림자에 간직한다

    여과되지 않은 상흔들

메마른 노을에 붉게 타오르고
심연에 떠오르는 초승달만
애달프다

– 「회상」 전문

　이 시는 "고뇌"로 가득 찬 "심연"을 이야기한다. "화상", "어두운 그림자", "상흔들", "메마른 노을" 같은 시적 대상이 동원되면서 한 개인의 고뇌가 얼마나 크고 깊은지를 형상화했다. 그렇지만 서애숙 시인은 이러한 고뇌가 자기 심연을 전면적으로 장악하도록 내버려 두지 않는다. 그는 모든 고뇌의 순간들이 삶의 "소실점"을 향해 사라지도록 만든다. 이때 소실점은 삶을 이끌어가는 역동적인 파문이 밀어의 속삭임으로 전환되는 지점이다. 삶의 극적인 순간마다 "여과되지 않은 상흔들"이 바로 이 소실점에서 "붉게 타오르"게 된다. 따라서 이 시의 마지막 연에 형상화된 "심연에 떠오르는 초승달"은 소실점에서 삶의 '상흔들'을 불태우고 새롭게 탄생한 삶을 향한 의지적 충동이라고 할 수 있다. 그럼에도 초승달이 "애달프"게 보이는 이

유는 초승달이 "여과되지 않은 상흔들"을 기억하고 있기 때문이다. 그러므로 '심연에 떠오르는 초승달'은 모든 존재의 "가슴에 숨겨진 세월"(「계절의 길목」)을 은유한다고 볼 수 있다. 즉 초승달이라는 구체적인 형상물은 우리 삶에서 비롯된 '고뇌의 상흔'을 감각적으로 형상화한 상징적인 사물이 되는 것이다. 서애숙 시인은 그와 같은 고뇌의 상흔들이 우리의 삶을 어떻게 지탱하고 있는지 누구보다 잘 안다.

>노을 걸음 익히며
>가을을 위해 편지를 쓴다
>그늘은 눈부시게 하늘 바라보며
>또 묻는다
>
>떨고 있는 작은 씨앗들
>조금이라도 건들어 보았는지
>그리움 속에 사는 여정
>아무도 모르게 흔들리고
>
>썰물이 되면
>누가 발가벗고 헤엄치는가

가장 깊은 곳에
누굴 담아 가려고 침묵 걸치나

서럽게 흔들리는 체온 너머로
얼기설기 새겨진 추억
헤옴길 따라
희로애락 물들이고

가을은
조금만 건들어도 우수수 몸을 떤다
숨겨진 일기장처럼 노년의 걸음 익히며
여백 위에 내디디는 가을을 펼쳐 보이니

흔들리는 옷 벗고
고즈넉한 물그림자 꽃잎 띄워
조용히 노닐고 싶다

— 「예순의 노트」 전문

  이 시를 살아 있게 하는 건 고뇌의 상흔들이 만들어내는 떨림의 파동이다. 특히 "떨고 있는 작은 씨앗들"은 "그리움 속에 사는 여정"을 감각적으로 형상화한 것으로 읽힌다. 그리움을 품고 살아가는 삶은 떨림을 간직하고 있는 씨앗들과 다르지 않다는 뜻이다. 그러한 그리움은 우리의 "가장 깊은 곳에" 가라앉아 있으면서 언제든 자기 존재를 세상에 드러낼 가능성인 "침묵"으로 존재한다. 물론 그러한 침묵을 깨우는 건 "서럽게 흔들리는 체온", 다시 말해 고뇌의 상흔들이다. 그 상흔들은 "조금만 건들어도 우수수 몸을 떤다". 이 떨림이 "희로애락 물들이"는 파동이 되고, 우리는 그러한 파동의 힘으로 오늘을 살아간다. 그러므로 파동의 끝에서 피어난 "고즈넉한 물그림자 꽃잎"은 고뇌의 상흔들 속에서 예순의 삶을 살아낸 서애숙 시인의 자화상이라고 할 수 있다.

이렇게 서애숙 시인은 존재의 심연에 침묵하고 있는 그리움의 대상을 흔들어 삶의 전면으로 호출하고, 감각적으로 나타나는 '희로애락'의 매 순간을 믿을 수 있는 언어로 부조(浮彫)해낸다. 그것은 시의 언어로 캄캄한 밤하늘에 '초승달'을 새겨놓는 일과 다르지 않다. 처음에는 한줄기 풀잎처럼 가냘프게 보이지만, 시간의 손길이 차츰 빛의 형상을 다듬고 넓혀가면서 달의 형상을 키워가는 것처럼, 서애숙 시인은 '작은 씨앗들'에 불과했던 그리움의 감정을 흔들고 일깨워서 마침내 자기 삶을 오롯이 견뎌낸 '꽃잎'의 형상으로 완성해낸다. 그럴 때 시인은 "꽃을 빚는 영혼"(「그날처럼」)으로 독자들 앞에 존재하게 된다.

4. 가슴에 숨겨진 세월

못다 한 독백은
유리창을 통과하지 못한 채

흔들리는 달빛에
그리움을 먼지로 날린다

마디마디 끊어질 듯한
어둠은 울음을 삼키고

시간을 응시하는
너와 나

사이사이 일그러진 아우성

긴 기다림의 그림자로
입술이 달빛 머금는다

― 「시간 속에서」 전문

이 시는 그리움이 "긴 그림자의 기다림"으로 완성된다는 시간의 미학을 보여준다. "흔들리는 달빛에/그리움이 먼지로 날린다" 같은 구절은 시간의 흐름을 감각적으로 형상화하였으며, '달빛'을 전면에 내세워 우리의 삶이 달의 변화처럼 '희로애락'의 대상이라는 점을 강조한다. 그러나 서애숙 시인이 그리움의 감각에 매몰되어 지나간 시간 속에만 머물러 있는 건 아니다. 존재의 "일그러진 아우성"을 "긴 기다림의 그림자"로 전환해냄으로써 그의 시는 그리움을 지금-여기의 삶으로 바꾸어낸다. 그리하여 "그리운 길이나 외로운 길/고독한 길도 다독이며/예쁜 동행 해야겠습니다"(「송년 즈음에」)라며 각오를 다지고, 최종적으로 "푸름 꿈이 채워지는/아름다운 시간"(「동행」)을 꿈꾼다.

이러한 시적 태도는 그리움이야말로 우리 인간의 현재와 미래의 삶을 건강하게 이끌어가는 음률이라는 점을 강조한다. 그럴 때 우리는 심연에서 아우성치는 존재의 파동에 귀를 기울일 수 있고, 우리 삶이 간직하고 있는 그리움을 "한 땀 한 땀 아로새겨/아름다운 중심"(「깊은 사랑」)을 향해 나아갈 수 있게 된다. 물론 이때 '아름다운 시간'을 채워가는 '아름다운 중심'에는 '나'라는 존재가 있을 것이다.

>매일매일 눈부신 아침이 되면
>작고 여린 심장 하나
>풀꽃 되어 다가온다
>
>잘 익은 초록은
>뼈와 살이 되어 밟힌 채
>촘촘히 지문 일고
>
>일탈을 꿈꾸는 입술
>조심조심 꽃잎 빚는다
>
>땅속 깊이 묻힌 너의 영혼
>꺾이지 않는 꿈 캐어 시들지 않고
>한없이 여리게 떨고 있는

나는
　풀꽃으로 살고 싶었다
　　　　　　　　　　－「풀꽃이었다 나는」 전문

　시를 쓰는 일은 최종적으로 '나'의 삶을 돌아보고, 그 안에서 '나'를 새롭게 발견해가는 창조적인 작업이다. 따라서 진심으로 시를 쓰게 되면 누구보다 자기에게 솔직해질 수 있고, 그만큼 자기를 투명하게 들여다보게 된다. 서애숙 시인이 그리움의 정동을 계속해서 시로 형상화할 수 있는 것은 그의 심연에서 아우성치는 그리움의 음률에 온몸으로 귀를 기울였기 때문이다. 그러한 시적 태도가 선명하게 드러난 시가 「풀꽃이었다 나는」이다.

　이 시에서 서애숙 시인은 매일 아침 "작고 여린 심장 하나/풀꽃 되어 다가온다"고 말한다. 그가 바라보는 '작고 여린 심장'은 "땅속 깊이 묻힌 너의 영혼"이 구체적으로 형상화된 모습이다. 즉, 이 시에서 '심장'과 '영혼'은 서로 다른 대상이 아니라, "일탈을 꿈꾸는 입술"

로 발화됨으로써 "조심조심" 빚어낸 "꽃잎"이자 "풀꽃"으로 수렴되는 대상인 것이다. 이렇게 심장과 영혼으로 빚어진 '꽃잎'을 서애숙 시인의 시라고 하면 과장일까? 그렇지 않다. 이 시는 존재의 심연에서 아우성치는 그리움(작고 여린 심장, 너의 영혼)의 대상들을 시적 언어(일탈을 꿈꾸는 입술)를 거쳐 '꽃잎'이라는 시로 빚어내는 과정을 아주 정밀하게 구조적으로 보여준다. 그렇게 창작된 시가 시인의 "꺾이지 않는 꿈"이고, 그 꿈이 은유적으로 형상화된 대상이 '꽃잎', 즉 '풀꽃'이다. 이때 '풀꽃'은 "뼈와 살이 되어 밟힌 채/촘촘히 지문 일"어나는 어떤 삶의 형상을 말한다. '뼈와 살'이 희로애락을 살아온 인간의 삶을 제유한다고 할 때, 삶이 '지문'으로 형상화되는 과정은 "헤아리지 못한 삶의 흔적"(「계절의 길목」)을 발굴하는 일이 되고, 우리의 심연에 새겨진 삶의 '지문'을 시적 언어로 형상화하는 일이 된다는 뜻이다. 그럴 때 삶의 '지문'과 '풀꽃'은 존재의 심장과 영혼이 빚어낸 한 편의 시와 다르지 않게 된다.

따라서 서애숙 시인의 시는 그의 삶이 피워낸 꽃이자 언어로 새겨놓은 존재의 지문이라고 할 수 있다. 그러니 마땅히 그의 시를 읽는 일은 그가 살아온 삶의 지문을 헤아리고, 그 지문에서 그의 심연에 살아 있는 삶의 비밀을 발견해가는 과정이어야 한다. 물론 시가 심연에 묻어둔 고뇌의 상흔들을 언어로 온전히 표현해내지 못한다는 사실을 우리는 안다. 그럴 때 표현되지 못한 이야기를 우리는 존재의 여백이라고 부른다. 오르페우스가 무심코 뒤돌아보았을 때 안타까운 눈빛을 남기고 사라져버린 에우리디케의 모습처럼, 우리 삶은 등 뒤에 그리움이라는 존재의 여백을 남기는 법이다. 서애숙 시인의 시는 바로 그 "때 묻지 않은 여백"(「봄비로 쓰는 편지 4」)과 "향기 담은 여백"(「함께 하는 그리움 하나」) 위에 새겨놓은 삶의 지문이다. 이를테면 그의 시는 "초록비 구겨 여백 위에/가늘게 나누어" "토해낸" "비밀"(「4월의 일기」)인 것이다. 그러므로 서애숙 시인의 시집을 읽으려면, 시인이 시의 언어로 온전하게 드러내지 못한 존재의 여백에 귀를 기울일 필요가 있다. 그래야만 그의 시가 "살포시 밀어 올린 그리움"과 "달빛 속에 감춰둔 그리움(「능소화」)의 세계"에 늦지 않게 다가갈 수 있을 것이다.